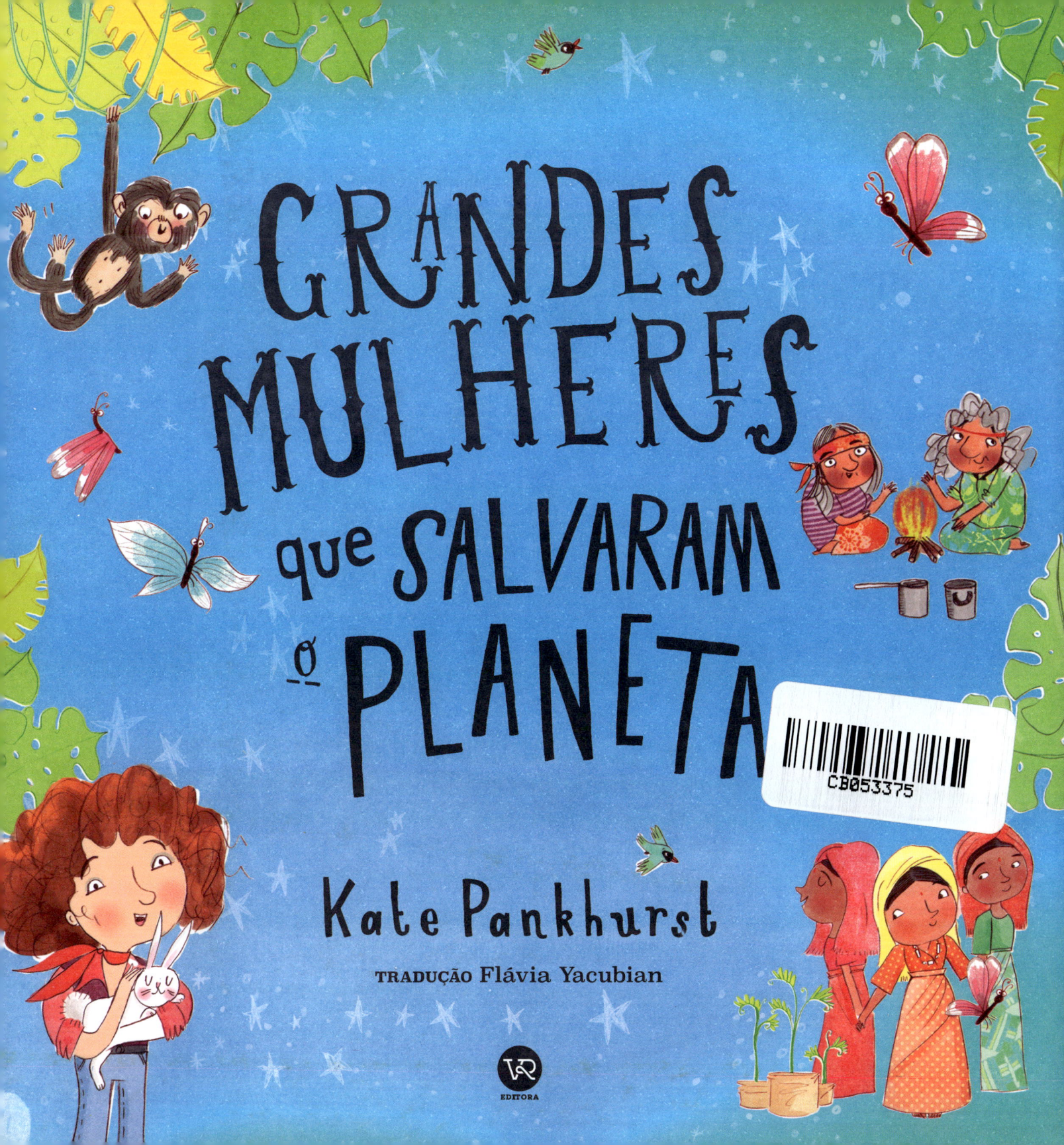

Mergulhe em uma descoberta oceânica com...

Eugenie Clark

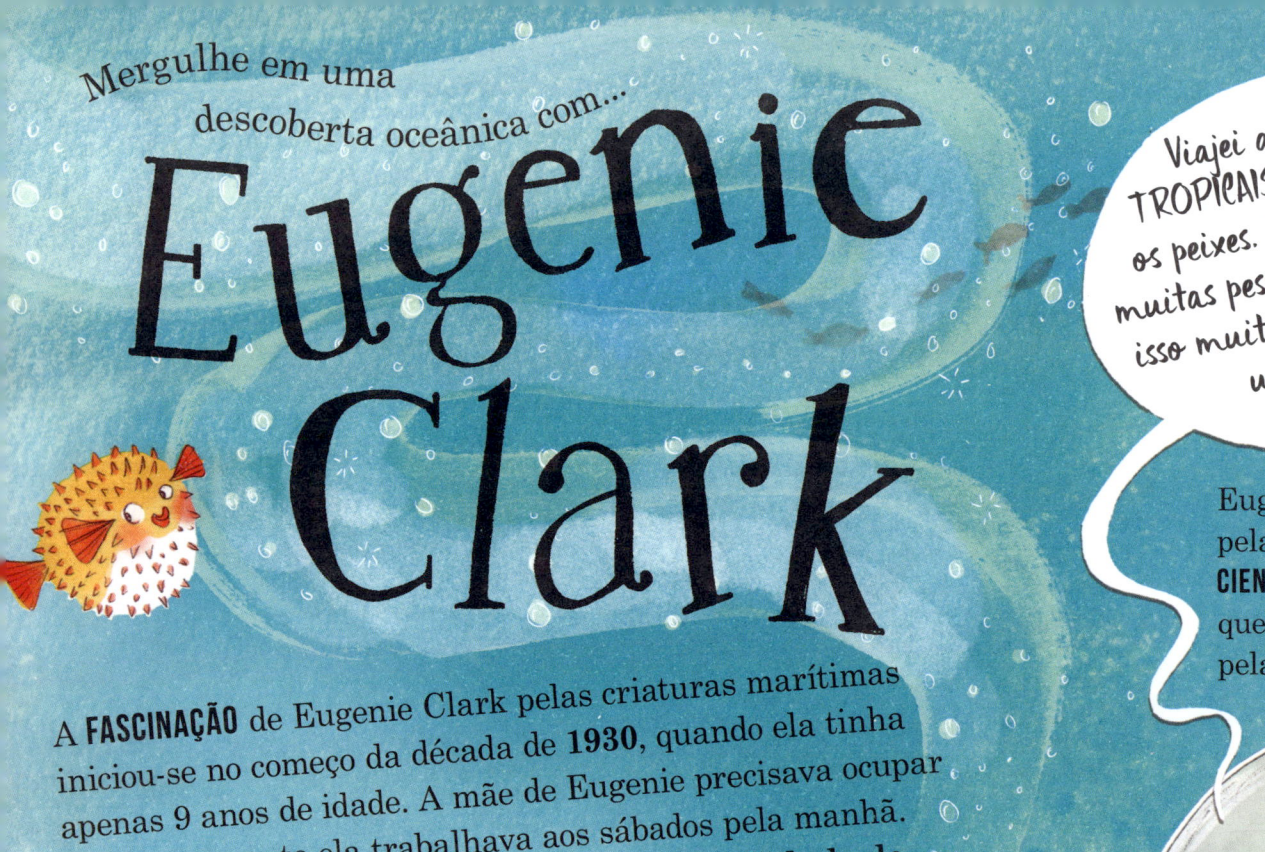

"Viajei até oceanos TROPICAIS para estudar os peixes. Precisei ignorar muitas pessoas que achavam isso muito PERIGOSO para uma garota."

Eugenie ficou conhecida pelas **DESCOBERTAS CIENTÍFICAS INCRÍVEIS** que fez, e as **AVENTURAS** pelas quais passou!

A **FASCINAÇÃO** de Eugenie Clark pelas criaturas marítimas iniciou-se no começo da década de **1930**, quando ela tinha apenas 9 anos de idade. A mãe de Eugenie precisava ocupar a filha enquanto ela trabalhava aos sábados pela manhã. Um dia, ela levou Eugenie até o **Aquário da Cidade de Nova York**, perto da casa delas. Eugenie se **APAIXONOU**!

Ela começou a ir todos os sábados, explorando cada **VEZ MAIS FUNDO** os mundos submarinos.

"Eu encostava o rosto no vidro e fingia que estava passeando no fundo do mar."

Eugenie se tornou **BIÓLOGA MARINHA** e aprendeu a **MERGULHAR**. Naquela época, era uma carreira muito incomum para uma mulher.

Wangari Maathai

Wangari Maathai viveu sua infância na década de 1940 num LINDO país chamado Quênia. Um lugar cheio de riquezas naturais, mas também muito pobre. Muitas pessoas tinham dificuldade para sustentar a família. E o governo não ajudava.

Wangari adorava aprender, era dessa maneira que amadurecia. Mas, nessa época, era muito incomum que meninas frequentassem a escola. Assim, em 1960, ela deixou seu lar e aproveitou uma chance de estudar nos Estados Unidos. Mas ela nunca esqueceu suas raízes quenianas...

florestas exuberantes... folhas farfalhando... e riachos que borbulham entre as árvores...

Fui a primeira mulher do leste africano a se tornar PhD.

Quando Wangari voltou para o Quênia a paisagem havia mudado...

As árvores estavam DESAPARECENDO!

O governo estava destruindo florestas para transformar as áreas em fazendas rentáveis, como as de café. Isso é chamado **DESMATAMENTO**. Sem árvores, as coisas começaram a dar muito errado...

Sem árvores para segurar a água, os rios secaram.

A terra virou PÓ!

Não conseguimos cultivar!

Algo precisa ser feito! O custo para o ambiente é alto demais.

A CIENTISTA QUE VIVIA COM A CABEÇA NAS NUVENS
EDITH FARKAS

Edith Farkas foi uma meteorologista (uma cientista que estuda o clima). Ela olhava lá para o alto do céu, até chegar à camada de ozônio, que é a parte da atmosfera que protege a vida na Terra dos raios prejudiciais do Sol. O trabalho de Edith foi importante porque ajudou cientistas a perceber que a Terra poderia enfrentar um desastre ambiental.

Comece aqui.

Usei um instrumento especial chamado ESPECTROFOTÔMETRO DOBSON para conseguir medições precisas.

ANTÁRTICA

NOVOS HORIZONTES

Edith nasceu na Hungria, em 1921, mas foi para a Nova Zelândia como refugiada durante a Segunda Guerra Mundial. Embora já fosse cientista, suas qualificações não foram reconhecidas no novo país, e ela precisou voltar para a faculdade! Mas ela não desistiu...

VIGILÂNCIA DO CLIMA

Em 1952, Edith era a única meteorologista mulher na Nova Zelândia. O trabalho dela era rastrear mudanças na espessura da camada de ozônio. Na época, faziam isso para prever padrões e alterações no clima e na temperatura da Terra.

Lá no alto da ATMOSFERA

→ Sol

ESPAÇO

OZÔNIO

JUNÇÃO DAS NUVENS DE TEMPESTADE...

Na década de 1980, as observações de Edith ao longo de trinta anos ajudaram outros cientistas a perceber quanto a camada de ozônio havia mudado nesse período. Devido à poluição causada pelo CFC* sintético, essa camada a-f-i-n-a-v-a dramaticamente na região acima da Antártica. (Essa diminuição na espessura foi chamada de "buraco".)

Onde a camada de ozônio é mais fina, os seres vivos na Terra têm maior probabilidade de exposição aos nocivos raios UV do Sol e de desenvolver doenças.

*****CFC** composto usado em gases de refrigeração e aerossóis.

UMA EXPEDIÇÃO CONGELANTE

Em 1975, Edith viajou até a Antártica para observar a camada de ozônio de outro ponto de vista. Foi a primeira húngara e a primeira meteorologista da Nova Zelândia a pisar nesse continente.

Observar nosso planeta de perto, por um período de tempo, revela coisas importantes e inesperadas...

Pequenas mudanças ameaçam a vida selvagem.

O meio ambiente é DELICADO.

UMA PERSPECTIVA OTIMISTA

Para impedir uma destruição ainda maior da camada de ozônio, diversos países se uniram e tomaram uma **ação drástica**. O uso de CFC foi **banido**. Foi uma demonstração de que quando países trabalham juntos para reduzir a poluição coisas **incríveis** podem **acontecer**...

Hoje em dia o OZÔNIO acima da ANTÁRTICA está bem melhor.

A pesquisa sobre ozônio de Edith mostrou que, ao longo do tempo, observar as alterações na Terra é essencial para proteger o planeta e as futuras gerações.

ELA MUDOU NOSSA OPINIÃO SOBRE CHIMPANZÉS, E SOBRE NÓS MESMOS...

Jane Goodall

Jane nasceu no Reino Unido, em **1934**. Na infância, era fascinada por animais e seu brinquedo favorito era um chimpanzé chamado Jubilee. Em **1960**, aos 26 anos, Jane viajou até o **Santuário de Chimpanzés Gombe Stream**, na Tanzânia, para pesquisar **chimpanzés selvagens**.

Esses animais são considerados os parentes mais próximos da espécie humana, mas não recebem importância o suficiente, e sofrem com as ameaças da **caça ilegal** e do **desmatamento**. Diferente dos outros cientistas, a maioria homens, Jane não havia estudado na faculdade a forma "correta" de estudar chimpanzés. Dessa maneira, ela os estudou com seus próprios métodos, os quais a levaram a **descobertas extraordinárias**...

ANOTAÇÕES DE JANE:
Cientistas geralmente numeram cada animal para estudá-los, mas os chimpanzés são **INDIVÍDUOS SINGULARES** e merecem nomes, não números! Está claro que eles fazem muitas coisas que, até o momento, os cientistas pensavam ser capacidades unicamente humanas.

DAVID GREYBEARD:
O primeiro chimpanzé que confiou em mim e me deixou aproximar, e que foi visto usando **FERRAMENTAS**.

Eu uso capim como instrumento para pegar CUPINS!

Ao lado da natureza com... O Movimento Chipko

Na década de **1960**, o governo indiano permitiu que madeireiras cortassem inúmeras árvores na região dos Himalaias. Sem as árvores para proteger o solo, ocorreram enchentes e desmoronamentos **desastrosos**.

As mulheres da região se ocupavam dos cuidados das crianças, da alimentação e das famílias. Quando os cultivos e as casas foram **arrasados**, a vida delas foi muito prejudicada.

Em **1973**, mulheres da **vila de Lata** ouviram falar de um ativista local chamado Chandi Prasad Bhatt. Ele queria que os moradores da vila protestassem barrando a passagem dos lenhadores e abraçando as árvores. (A palavra indiana para "abraçar" ou "segurar" é chipko.)

Naquela época, na Índia, os homens cuidavam dos problemas nos vilarejos. Para algumas pessoas, a ideia de mulheres tomarem esse posicionamento era absurda.

Isso não as impediu, pois elas sabiam que a sobrevivência dependia das árvores. Elas abraçaram a ideia de um protesto pacífico...

Os lenhadores andam armados.

Não tenham medo.

Eu dou minha vida para proteger essas árvores. São tão importantes quanto a casa de minha mãe, a "maika"! (um lugar ou precioso na cultura indiana.)

Saiam da frente!

Em **1969**, Ursula ajudou a fazer descobertas importantes sobre amostras de rochas que as missões Apollo da **NASA** trouxeram da **LUA**.

UAU! Nossa Lua é um local frio, mas essas rochas revelam que já foi um lugar cheio de FOGOS e EXPLOSÕES.

Vou coletar rochas lunares para a Ursula estudar.

Na década de **1970**, Ursula se tornou a primeira mulher a ir em uma **CAÇA AO METEORITO** na Antártica! Meteoritos que tinham caído do espaço milhões de anos antes estavam enterrados sob a superfície congelada. Eles são carregados pelo gelo que se movimenta vagarosamente até que aglomerados deles emergem.

Encontramos rochas lunares. A única força capaz de mandá-las para cá teria sido um meteorito ao atingir a Lua.

COLISÕES DE METEORITOS são muito raras. Em **1982**, Ursula foi investigar um incidente **ESTRANHO** envolvendo um meteorito que poderia ter vindo do **espaço**.

DOIS METEORITOS ATINGEM A MESMA CIDADE!

"Meteoritos sempre são uma ocorrência dramática, mas ter dois deles atingindo a mesma cidade é, bem, quase incompreensível."

Cientistas continuam o trabalho de Ursula de proteger nosso planeta de um desastre total! Eles querem aprender mais sobre **ASTEROIDES** no espaço e acreditam que isso pode ajudar a desviar algum **METEORITO** grande que possa atingir a Terra.

Ursula morreu em **2018**. Em memória às **DESCOBERTAS** que ela fez sobre nosso mundo e outros, um **PICO DE UMA MONTANHA** no Ártico e um **ASTEROIDE** receberam o nome dela.

Whoosh!

ASTEROIDE MARVIN

SEU JARDIM E SEU CORAÇÃO ESTAVAM SEMPRE ABERTOS...

Daphne Sheldrick

Filha de ingleses, Daphne Sheldrick nasceu em 1934 no Quênia. Daphne amava a vida selvagem da África e sabia quão importante era preservá-la. Assim, na década de 1960, Daphne e seu marido David ajudaram a criar o Tsavo, um parque nacional (território grande que recebe proteção especial). Os Sheldrick eram uma família única: compartilhavam seu lar com inúmeros animais selvagens!

Daphne amava todos os animais, mas eram os elefantes jovens que ocupavam um espaço **MAIOR** no seu coração. Era triste, mas caçadores os matavam em busca das presas de marfim. (Alguns acreditam que marfim é valioso e usam para fazer enfeites e até teclas de piano.) Daphne passou 60 anos fazendo tudo o que podia pelos elefantes órfãos.

Ela descobriu que elefantes sentem **EMOÇÕES FORTES**, como os humanos. Eles sentem... **TRISTEZA...**

Rinocerontes também perdem os pais para caçadores que querem seu chifre.

Moramos no jardim da Daphne.

Amo minha vida no jardim.

ALEGRIA.

Os elefantezinhos órfãos demoram um bom tempo para se recuperar do choque terrível de perder os pais.

PALAVRAS INCRIVELMENTE FANTÁSTICAS

Aborígine povo que vivia na Austrália antes da colonização. A cultura deles é considerada uma das mais antigas do mundo.

Aquecimento global descreve como a Terra está aquecendo por conta das atividades humanas.

Asteroide um pedaço grande de rocha e metal que orbita no Sol.

Atmosfera camada de gases que circunda e protege a Terra.

Caça ilegal atividade proibida que captura ou mata animais.

Camada de ozônio parte da atmosfera que nos protege dos raios nocivos do Sol.

Chipko palavra hindi que significa "abraçar" ou "segurar".

Combustíveis fósseis são formados pelos restos de plantas e animais enterrados há muito tempo bem fundo na terra. Exemplos: carvão, óleo e gás natural.

Comércio justo quando fazendeiros e trabalhadores recebem um valor justo pelos produtos.

Corrida espacial competição entre Estados Unidos e União Soviética (hoje Rússia) pela exploração do espaço, entre as décadas de 1950 e 1960.

Cruelty-free produtos não testados em animais ou que não lhes provocaram dano.

Desmatamento a ação de cortar árvores de determinado local.

Energia nuclear uma forma potente de energia que pode ser perigosa se não usada com cuidado.

Energia renovável vem de fontes que não se esgotam, como o Sol, ondas e vento.

Energia solar energia emitida pelo Sol, como luz e calor.

Espectrofotômetro Dobson instrumento capaz de medir a quantidade total de ozônio a partir da superfície terrestre.

Espécies ameaçadas animais ou plantas que sofrem sério risco de extinção.

Gases CFC costumavam ser usados em solventes, refrigerantes e sprays aerossóis.

Madeireira empresa que corta madeira para vender.

Marfim material do qual são feitas as presas dos elefantes.

Meteorito rocha espacial que cai na Terra.

NASA significa, em inglês, Administração Nacional da Aeronáutica e do Espaço, e as pessoas que trabalham lá estudam o espaço.

País em desenvolvimento país onde muito ainda precisa ser mudado para garantir uma qualidade de vida melhor aos seus habitantes.

Parque nacional grande território de um país que recebe proteção especial.

Poluição acontece quando o ambiente foi danificado por lixo, produtos químicos ou outras coisas danosas.

Prêmio Nobel prêmio dado anualmente às pessoas que fizeram coisas extraordinárias.

Reciclagem pegar coisas velhas e transformá-las em novas.

Refugiado pessoa que precisou deixar seu país por conta de uma guerra ou desastre natural e precisa de um novo local seguro para viver.

Recursos naturais algo encontrado na natureza e que pode ser usado pelas pessoas.

Ritmo circadiano o nome dado para o "relógio interno do corpo" de plantas e animais.

Tempo do sonho histórias, arte, canções e cerimônias que explicam o funcionamento do universo, bem como histórias e tradições do povo aborígine.